비밀 일기

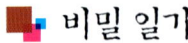 비밀 일기

1판 1쇄 : 인쇄 2013년 5월 03일
1판 1쇄 : 발행 2013년 5월 08일

지은이 : 박봉은
펴낸이 : 서동영
펴낸곳 : 서영출판사

출판등록 : 2010년 11월 26일(제25100-2010-000011호)
주소 : 인천광역시 계양구 효성동 200-1 현대 404-103
전화 : 02-338-0117 팩스 : 02-338-7161
이메일 : sdy5608@hanmail.net

그　림 : 박덕은
디자인 : 이원경

ⓒ2013박봉은 seo young printed in incheon korea
ISBN 978-89-97180-30-1 04810
ISBN 978-89-97180-00-4(set)

비밀 일기

2013 · 서영

박봉은 시인의 제4시집 출간을 축하하며

　공학도인 박봉은 시인이 오래도록 무역업에 종사하다 어느 날 우연히 접한 시인들의 모임을 접한 지 4년도 채 못 되어 벌써 4권의 시집을 펴내게 되었다니 놀라움을 금할 수 없다.

　인생을 꾸려가면서 조금 덜 후회하는 길이 있다면, 그건 아마도 창조적인 삶을 살아가는 것일 것이다. 창조적인 삶 중 하나가 바로 시 창작의 길이다. 시 창작은 메모지와 볼펜 하나면 된다. 창조적 삶 중 가장 간편한 것이 아닐 수 없다. 어디 가서나 나이를 많이 먹어도 가능한 일이다. 그래서 우리는 시 창작을 선호한다. 박봉은 시인도 시의 효능과 가치를 깨닫고 이를 가슴 깊숙이 받아들여 실천하고 있는 멋쟁이 중 한 사람이다.

　박봉은 제1시집 〈당신만 행복하다면〉에서는 우리 주위 사물과 추억과 상념에 대해 다채로운 시선으로 바라보고 이미지로 시적 형상화를 해놓아 독자들의 눈을 즐겁게 해주었다. 사물을 바라보는 신선한 감각과 그 새로운 해석을 통해 활기찬 삶의 에너지를 이끌어내는 솜씨를 보여 주었다. 그 어떠한 세파에도 의연함을 잃지 않은 삶을 예찬하고, 다정함과 따스함과 애틋함으로 타인의 아픔을 감싸고 공감하며, 삶의 의미와

비밀 일기

방향을 밝게 이끌어 나가고 있다.

　박봉은 제2시집 〈아시나요〉에서 시인은 자기 자신을 키워 준 모든 것들에 깊이 감사하고 고마워하고 있다. 당신을 설정해 놓고, 그 당신을 주축으로 시상을 끌어가고 있다. 시 속의 당신은 그의 이상향일 수도 있고, 연인일 수도 있고, 스승일 수도 있고, 또 자신의 인생 길잡이일 수도 있다. 그 당신을 향해 줄기찬 감사와 존경과 애정을 바치고 있다. 더불어 그 안에서 기쁨을 느끼고 희망을 품고 보람을 느끼며 행복해 하고 있다. 그는 가슴으로 시를 쓰고 있다. 이미지 구현보다는 사랑의 향기를 서술의 물줄기 위에 실어 구구절절 호소하고 있다. 그리하여 읽은 이들의 가슴에 자리잡고 있는 보편성에 감동의 전율을 선물하고 있다. 더불어 아이러니를 적절히 기저에 깔아 놓아 더욱 진하고 더욱 감동적인 호소력을 얻어내는 데 성공하고 있다.

　박봉은 제3시집 〈당신에게/하나〉에서는 아주 단순한 시 세계를 구축하고 있다. 그저 하고픈 내면의 웅얼거림을 아주 듣기 편하게 자연의 소리처럼 마구 쏟아내고 있다. 그런 과정에서 그 어떤 가식이나 억지나 수다스런 포장도 하지 않는다. 가슴속에 흐르고 있는 감성의 소리에 소박한 이미지의 옷을 입혀 봄나들이를 내보내고 있을 뿐이다. 시에게 순수한 가슴이 있다면, 그곳을 향해 돌진하여 한아름 시심을 들고 나와 너울너울 나비처럼 날아가고 있을 뿐이다. 이 기법을 통하여 독자의 가슴을 울리고 웃기고 함께 눈물짓고 감동하고 함께 미소 지으며 기뻐하고 있다.

박봉은 제4시집 〈비밀 일기〉에서는 다시 제1집으로 회귀한 듯한 시 세계를 보여 주고 있다. 여기서는 휘몰아가는 듯한 시상의 흐름을 약간 멈추고 좀더 여유롭게 관조적으로 사물을 바라보고 있다. 사물 하나하나 섬세히 관찰하거나 내려다보면서 새로운 각도로 해석하고, 되도록 이미지 구현으로 시적 형상화를 이루면서 시의 맛과 멋을 한층 강화시켜 놓고 있다. 그러면서 내면의 아픔과 응어리를 미적 가치의 그릇에 담아 반성하고 나아가 치유라도 하려는 듯 진솔히 토로하고 있다. 그 모습이 멋스럽다. 인간의 아름다운 모습들 중 하나가 아닌가 싶다. 시를 통해 치유하고 시를 통해 부정을 긍정으로 끌어올리는 에너지와 힘과 기, 그게 그의 시에서 느껴지기에 그만큼 소중하다.

　　천천히 닮아가고 있다
　　그 옛날 아버지의 모습으로
　　머리털은 빠지고
　　눈꺼풀은 쳐져 가고
　　얼굴은 해쓱해져 가고 있다

　　서서히 닮아가고 있다
　　그 옛날 어머니의 모습으로
　　얼굴에 주름은 늘어 가고
　　눈은 작아지고
　　멋스러움에 소홀해져 가고 있다.
　　　　　　　　　　　- [내가 지금 · 1] 전문

시인은 시적 화자를 통해 자신의 현재를 점검해 보고 있다. 머리털도 빠지고 눈꺼풀도 점점 처져 가는 아버지를 닮은 모습, 주름도 늘어가고 눈도 작아져 가고 멋스러움에 소홀해져 가는 어머니를 닮아가고 있는 자신을 바라보고, 자신의 현재와 과거를 되돌아보고 있다. 그러면서 일상에서 잠시 벗어나 관조의 시선으로 인생을 내려다보며, 참된 가치와 의미를 가슴에 새기려는 열린 마음을 준비해 놓고 있다.

그땐 왜
미처 말을 건네지 못했을까
가슴속에 담아 둔 핑크빛 고백을
두려움 속에 갇혀
수줍음 밑에 숨어
끝내 꺼내 놓지 못했을까

그때 만약
용감하게 꺼내서 펼쳐 보였더라면
지금쯤 아주 아름답게
이제는 매우 화려하게
꽃을 피울 수 있을 텐데
그땐 왜
고백조차 못했을까

이제는 영영
묻혀 버린 그 고백

박봉은 시인의 제4시집 출간을 축하하며

빛이 바랄 대로 바랜 추억이 되어
가슴 깊이깊이 박혀 버린 지 오래

만약 지금 내게
다시 그날이 돌아와 준다면
사랑 가득 담은 하얀 진주를
아프게 아프게 떼어내어
그 사람에게 꼭 선물하고 싶어라.

- [비밀 일기] 전문

　가슴을 열어 보니, 시적 화자에게는 '비밀 일기'가 하
나 매달려 있다. 벌써 빛바랜 추억이 되어 가슴 깊이
박혀 버린 추억, 용감하게 꺼내어 펼칠 수 없어 영영 묻
혀 버린 핑크빛 고백, 지금이라도 기회가 주어진다면,
다시 그날이 눈앞에 펼쳐진다면, 사랑 가득 담은 하얀
진주를 아프게 떼어내어 선물해 주고픈 절실한 마음
이 시의 탁자에 올려져 있다. 후회 속에서도 그나마 다
행인 것은, 그 사랑의 마음이 그 핑크빛 고백이 여전히
빛을 잃지 않고 가슴속에 싱그럽게 살아 꿈틀대고 있
다는 사실일 것이다. 이런 변함없는 사랑이 독자의 눈
시울을 뜨겁게 적시게 하는 것이리라.

당신의 웃음 뒤에 숨겨진
깊은 시름덩어리를
미처 알지 못했습니다

당신의 의연함 뒤에 숨겨진
긴긴 한숨 소리를
미처 듣지 못했습니다

당신의 꾸지람 뒤에 숨겨진
뜨거운 사랑을
미처 깨닫지 못했습니다

당신의 무관심 뒤에 숨겨진
향기로운 시선을
미처 보지 못했습니다.

-「아버지·1」 전문

특히 이번 시집에서는 아버지에 대한 애틋함이 큰
자리를 차지하고 있다. 웃음 뒤에 숨겨진 깊은 시름덩
어리, 의연함 뒤에 숨겨진 긴긴 한숨 소리, 꾸지람 뒤
에 숨겨진 뜨거운 사랑, 무관심 뒤에 숨겨진 향기로운
시선까지 일일이 상기하며, 그리워하고 있다. 아들에
대한 깊은 사랑이 이렇게 아버지에 대한 애틋함으로
분출한 것은 아닐까. 그의 시 곳곳에 이런 애틋한 사랑
고백이 등장하는 건 우연이 아닐 것이다. 분명 그의 심
경에 무슨 변화가 일어나고 있는 듯하다. 혹시 한 단계
성숙한 인격체로서의 거듭남은 아닐까.

그토록 싱싱하던 젊음을
다 내게 내어 주고

이젠
앙상한 뼈만 남았군요

그토록 아름답던 미소를
다 내게 발라 주고
이젠
쪼그라져 버린 시름만 남았군요

그토록 소중한 시간들을
다 내게 입혀 주고
이젠
시들어 비틀린 시간만 남았군요

그토록 향기롭던 마음을
다 내게 먹여 주고
이젠
빛바랜 빈 텃밭만 남았군요.

- [어머니 · 2] 전문

　이 시에도 시적 화자의 시선은 과거로 향해 있다. 성
싱한 젊음 대신 앙상한 뼈만 남은 어머니, 아름답던 미
소 대신 쪼그라져 버린 시름만 남은 어머니, 소중한 시
간 대신 시들어 비틀린 시간만 남은 어머니, 향기롭던
마음 대신 빛바랜 빈 텃밭만 남은 어머니, 어느 것 하
나 아쉽지 아니한 것이 없다. 어머니를 상징으로 내보
낸 지난날의 아쉬운 것들에 대한 연민이 시인의 내면

을 강타하고 있다. 그리하여, 보다 차원 높은 비전의
확대로 나아가도록 부추겨 주고 있다.

　　　용암처럼 끓어올라
　　　솟구치는 분노를
　　　다 토해 버리고 나니
　　　가슴속 허전함을
　　　견딜 수가 없습니다

　　　우박처럼 쏟아지는
　　　가슴 없는 말들을
　　　다 쏟아 버리고 나니
　　　부끄러운 마음을
　　　감출 수가 없습니다

　　　낙엽처럼 일그러져
　　　미소 없는 생각을
　　　다 벗어 버리고 나니
　　　찢어지는 아픔을
　　　가눌 수가 없습니다.
　　　　　　　　- [후회 · 1] 전문

　시적 화자는 자신이 성장하기 위해서는 솟구치는 분
노, 가슴 없는 말, 미소 없는 생각 등을 버려야 한다는
것을 잘 알고 있다. 그런데도, 그것만으로 자신의 인
격체가 완성되지 못한다는 것도 잘 알고 있다. 오히려

가슴속 허전함이 몰려오고, 부끄러운 마음을 감출 수가 없고, 찢어지는 아픔을 가눌 수 없는 지경에 이르게 된다. 아직은 아니다. 아직은 멀었다. 나아가야 할 인격체의 완성은 끝이 보이지 않는다. 그럼에도 불구하고 멈출 수는 없다. 과거든 회한이든 후회든 미련이든 아픔이든 뭐든 딛고 일어서서 앞으로 나아가야 한다. 어쩔 수 없는 인생의 과제를 부여받은 것처럼. 어떻게든 멋지고 알차고 편안한 여생을 위해서는 해결책을 찾아야 한다.

언제부터인가
당신이 내 마음속에
조용히 들어왔어요
결코 싫지만은 않는 듯
무심코 내버려 두었어요
아니, 들어오게 아예
문을 열어 놓았어요

달콤한 사랑의 열매가
주렁주렁 열린 방에도
당신이 몰래 들어왔어요
결코 싫지만은 않는 듯
그저 당신을 멍하니
바라만 보고 있었어요
아니 그냥 오래도록
거기 있어주길 바랬어요

비밀 일기

그러던 어느 날
당신은 떠나가고
그 자리엔
회색빛 아픔만 남았어요.
향기도 사라지고
아린 상처들로 여기저기
얼룩이 져 있었어요.

　　　　　　　　- [상흔] 전문

　이 시에서 시적 화자는 비로소 해결의 실마리를 찾
아내고 있다. 아무리 해도 해결책이 보이지 않았는데,
그 해결책은 의외에도 자기 내면에 있었다. 당신이 마
음속에 들어오도록 아예 문을 열어 놓은 것, 그게 비
법이었다. 당신이 몰래 들어온 방에는 달콤한 사랑의
열매들이 주렁주렁 달려 있고, 회색빛 아픔과 아린 상
처들이 치유되어 가고, 행복과 평안이 찾아오게 되었
음을 확인할 수 있다. 시적 화자는 그저 당신이 오래
도록 가슴속에 남아 있어 주기를 바랄 뿐이다. 당신이
곁에 있는 한, 당신이 마음속에 거주하는 한, 결코 절
망과 슬픔과 아픔은 없을 것이기에. 자연스레 받아들
인 당신이 모든 문제 해결의 실마리였음을 절실히 깨
닫게 된 것이다.

　기나긴 칼바람의 겨울
　눈조차 뜰 수 없어
　모두 숨죽여 엎드려 있을 때

박봉은 시인의 제4시집 출간을 축하하며

오직 너만은 깨어 있었다

기다림에 떨고 있을 때도
언젠가 품으로 돌아올
환희의 따뜻한 숨결을
너는 이미 알고 있었다

세상이 지쳐 쓰러져
어둠 속에서 울고 있을 때도
너만은 이 악물고
끊임없이 미래를 다듬고 있었다

아직도 미적거리고 방황하며
매몰차게 내리는 찬서리에도
너는 두려워하지 않고
온몸 내던져 일어서고 있었다.

- [진달래꽃] 전문

　이 시는 시적 형상화가 잘 되어 있고 시의 완성도도
높다. 진달래꽃은 예찬 받을 만하다. 지난겨울의 칼바
람 속에서도 늘 깨어 있었고, 기다림의 떨림 속에서도
환희의 따뜻한 숨결을 믿고 있었고, 어둠 속에서도 끊
임없이 미래를 다듬고 있었고, 찬서리에도 온몸 던져
일어서고 있었던 진달래꽃이기에 그렇다. 시적 화자
는 자신이 이 진달래꽃이기를 원한다. 이 진달래꽃을
닮아 진달래꽃이 되어 기다리고 견디고 다듬고 일어서

는 존재가 되고 싶어한다. 사랑하는 이를 위해, 사랑하
는 이의 마음에 들기 위해, 아름답고 멋진 삶을 위해,
조금이라도 덜 후회되는 여생을 위해, 시적 화자는 진
달래꽃과 합일되기를 간절히 바라고 있다.

비에 흥건히 적셔도
씻겨지지 않는 그리움처럼
가지 끝에 매달려 청승맞게 떨고 있다

결코 퇴색되지 않는 화려함을
온몸에 두텁게 바르고
침묵으로 서 있다

시린 아픔 다 내주어도
발밑에 묻어 놓은 채
깊은 시름을 끝없이 토해내고 있다

결코 지워지지 않는 이별의 아쉬움을
자꾸만 번져 가는 어둠의 물결에 숨겨 놓고
훌쩍이고 있다.

― [늦가을] 전문

이 시에서는 늦가을이 시상의 흐름 속에 녹아들어
이미지의 그릇 속에 꽃을 피우고 있다. 비에 흥건히 적
셔도 씻겨지지 않는 그리움처럼 가지 끝에 매달려 떨
고 있는 늦가을, 퇴색되지 않는 화려함을 온몸에 두텁

박봉은 시인의 제4시집 출간을 축하하며

게 바른 채 침묵으로 서 있는 늦가을, 시린 아픔 다 내주어도 발밑에 묻어 놓은 채 깊은 시름 끝없이 토해내고 있는 늦가을, 이별의 아쉬움을 자꾸만 번져 가는 어둠의 물결에 숨겨 놓고 훌쩍이고 있는 늦가을, 그 늦가을의 모습이 남 같지 않다. 어쩌면 자신의 내면을 대변하는 것 같은 착각이 든다. 늦가을이 추상(씻겨지지 않는 그리움, 침묵으로 서 있다, 깊은 시름, 아픔)과 구상(비, 발밑, 어둠의 물결)의 조화로움으로, 촉각 이미지(흥건히 적셔도, 시린), 시각 이미지(매달려 떨고 있는, 채색되지 않는 화려함), 청각 이미지(떨고 있는, 침묵으로 서 있는, 토해내고, 훌쩍이고 있는) 등이 너무나도 자연스레 배치되어 있어 읽어가는 맛과 이미지를 따라가는 맛이 좋다.

시를 배우고 시를 창작하고 시집을 펴내고 나아가는 박봉은 시인의 삶이 어찌 아름답다고 하지 않을 수 있겠는가. 바쁜 사업 중에서도 짬짬이 시간을 내어 시 창작을 하고 알뜰한 시들을 모아 시집을 펴내며 살아가는 시인 박봉은이 사업가 박봉은에게 한마디했다고 한다.

"시인 박봉은이 사업가 박봉은을 훼방하지 않고, 오히려 활기차게 도와주고 있으니, 행복하지?"

맞다. 시인 박봉은이 사업가 박봉은을 돕고 배경을 이뤄주면 주었지 손해를 끼칠 존재는 아닌 게 분명하다. 왜냐하면, 시인이 되어 시집을 내게 되면서부터 사업이 더 번창하고 활기차게 되었다니 말이다.

박봉은 제4시집이 끝이 아니다. 아직도 그는 300여

편의 시를 더 써 놓고 있기 때문이다. 그의 시집 발간
의 행렬이 어디까지 가서 멈추게 될지 그것도 지켜볼
만한 설렘의 하나가 되고 있다.
  부디 그의 시 창작 열정이 쉬이 식지 않고 영원토록
이어지기를 기대해 본다. 그리하여, 독자들의 진정한
사랑을 받는 시인으로 거듭나기를 기도한다. 다시 한
번 박봉은 제4시집 발간의 아름다움 앞에 박수를 보내
고 싶다. 이 기쁨, 이 열정, 이 행복이 마지막 숨을 거두
는 순간까지 쭉 지속되기를 바라고 또 바란다.

– 완연히 봄기운이 느껴져 무한히 행복한 가슴을 되찾게 된
한실 문예창작 지도 교수 박덕은
(문학박사, 시인, 소설가, 동화작가, 문학평론가, 사진작가, 화가)

네 번째 시집을 세상에 내놓으며

　2013년 계사년 봄을 맞이하면서 나의 생애 네 번째 시집을 또 세상에 내놓게 되었습니다.

　2010년에 출간한 제1시집 〈당신만 행복하다면〉과 제2시집 〈아시나요〉, 그리고 2012년에 출간한 제3시집 〈당신에게, 하나〉에 이어 내놓게 되는 제4시집 〈비밀 일기〉는 그동안 살아오면서 가슴속에 간직해 온 애틋하고 소박한 나의 선홍빛 삶의 이야기들입니다. 누가 뭐래도 내가 지금까지 바라보고 느끼며 간직해 온 사람과 자연과 삶에 대한 진솔한 가슴속 대화들이죠. 비록 어설프게 생각되더라도 나에 대한 깊은 사랑으로 충분히 이해해 주고 격려해 주리라 믿습니다.

앞으로도 꾸준히 가슴속에 남아 있는 귀하고 소중한 수많은 이야기들을 아름답고 예쁜 시로 계속 뽑아낼 것입니다. 변함없는 애정과 관심으로 지켜봐 주시고 격려해 주시면 고맙겠습니다.

　지금까지 지도해 주고 이끌어 주신 한실 문예창작 지도교수 박덕은 박사님, 오랜 세월 함께 문예창작의 길을 걸어오고 있는 한실 문예창작의 여러 문우님들, 그리고 친지, 친구, 지인들에게도 다시 한번 감사의 마음을 바칩니다. 특히 사랑하는 나의 아내와 두 딸 소연, 소정, 그리고 아들 세원, 사위 한상규, 그리고 외손자 한유준에게도 뜨거운 사랑을 전합니다.

- 2013년 5월 아름다운 봄의 향기를 맞으며

시인 박봉은

박봉은

박덕은

서릿발 딛고
일어서서
키워낸 가슴

시심으로
다소곳이
받쳐 들고

낭만을 어깨에 휘휘 두른 채
유유히 걸어가는
나그네

겹겹 쌓인
설움도 한도
물안개에 실어 보내고

여생의 화폭을
순수와 여백으로
감미롭게 덧칠하며

눈물 없는
자유의 동산 향해
묵묵히 걸어가는
나그네

그 어떤
세찬 세파에도
끄덕없는 심지 세워

보다 더 포근하고
보다 더 보드라운
향기 찾아

의지 박힌 푸르른 발걸음으로
선선히 걸어가는
나그네.

祝詩 - 박덕은

차 례

제1상 · 그 말 한마디에

제2장 · 나는 늘 혼자였다

제3장 · 이별 연습

제4장 · 12월 마지막 날에

비밀 일기

제1장
그 말 한마디에

박덕은 作 [베란다의 봄](파스텔화, 2013.3)

사랑

지워도 지워도
지워지지 않게
선홍빛 향기를
온 마음에 흩뿌리는 것

먹어도 먹어도
줄어들지 않는
꿀물 같은 행복이
온몸에서 솟아나는 것

보고 또 봐도
더욱 아름다운
무지갯빛 황홀함을
가슴 가득 넘치게 하는 것.

박덕은 作 [보고픔의 색깔](파스텔화, 2013.3)

괜시리

당신 생각에
괜시리 눈물이 흐릅니다

찬바람이 불어서
그러나 보다 하고
가만히 눈을 감아 봐도
눈물이 솟구칩니다

내가 당신을
하늘만큼 사랑하고 있는데
당신도 나를
땅만큼 사랑하고 있는데
당신을 생각하면
괜시리 눈물이 쏟아집니다

슬픈 것도 아닌데
더군다나
외로운 것도 아닌데
당신을 만나
지금 너무 행복한데

당신을 보면
괜시리 눈물이 납니다

아마도
당신의 진한 사랑이
나의 가슴속
깊은 곳에 숨겨져 있는
사랑의 눈물샘을 건드렸나 봅니다.

박덕은 作 [사랑과 우정 사이](파스텔화, 2013.3)

그 말 한마디에

하루 종일 집안일을 하고 있을 때
당신이 전화해서
나에게 던진
좀 쉬라는 말 한마디에
마음에 달라붙어 있던
냉기들이 몽땅 녹아
발밑으로 빠져나가는 것 같습니다

부지런히 저녁 준비를 하고 있을 때
당신이 퇴근하면서
나에게 던진
고생한다는 말 한마디에
온몸을 짓누르고 있던
피로덩어리들이
모조리 다
바람에 날려가 버린 것 같습니다

저녁 시간 까칠한 손으로
나의 팔다리를 주물러 주면서
나에게 던진

고맙다는 말 한마디에
가슴속 깊은 곳에 숨어 있던
진한 눈물이
몽땅 다 솟구쳐
영혼까지 맑아지는 것 같습니다.

박덕은 作 [보고픔 품은 정물화](파스텔화, 2013.3)

내가 존재하는 이유

내가 지금 이 순간까지
세상에 살아
숨쉬고 있는 건
바로
사랑하는 당신이
늘 내 곁에 있기 때문입니다

내가 힘이 들 때에
쓰러지지 않고
당당하게 버티는 건
바로
믿음직한 당신이
늘 내 손 잡아 주기 때문입니다

내가 어쩌다 혼자 있을 때도
외로워하지 않고
즐거울 수 있는 건
바로
내 마음속에 당신이
늘 함께하기 때문입니다

내가 언제 어딜 가도
두려워하지 않고
평화로울 수 있는 건
바로
내 안에서 당신이 날
늘 지켜보고 있기 때문입니다.

박덕은 作 [노을 품은 강](파스텔화, 2013.3)

아시나요

아시나요
몸에서 생살 떼어내듯
삶의 보금자리였던
어머니를 떠나보내고
온몸에 뜨겁게 흘러내리는
서러움의 향기를

아시나요
삶이라는 전쟁터에서
진정한 투사였던
아버지를 떠나보내고
빈 가슴에 자꾸만 스며드는
그리움의 향기를

아시나요
단풍잎이 나무에서 떨어지듯
어쩔 수 없이
친구를 떠나보내고
마음에서 피어오르는
외로움의 향기를

아시나요
강물에 나뭇가지가 떠내려가듯
보이지 않는 힘에 떠밀려
연인을 떠나보내고
온통 하늘에서 쏟아져 내리는
쓸쓸함의 향기를.

박덕은 作 [단풍의 고독](파스텔화, 2013.3)

그냥

영원히
내 곁으로 오려거든
주저하지 말고
그냥 달려오세요

왔다가 금방 가려거든
아예 마음 문턱도
밟지 말고
그냥 가세요

사랑의 화초에
단비 뿌려 주려거든
서둘러
그냥 달려오세요

남아 있는 향기마저
앗아가려거든
새싹이 나기 전에
그냥 되돌아가세요

행복의 향기를
가득 뿌려 주려거든
바람처럼
그냥 달려오세요

불행의 불 지피려거든
당신의 작은 흔적조차
몽땅 들고 주저 없이
그냥 떠나가세요.

박덕은 作 [벚꽃의 詩](파스텔화, 2013.3)

비밀 일기

그땐 왜
미처 말을 건네지 못했을까
가슴속에 담아 둔 핑크빛 고백을
두려움 속에 갇혀
수줍음 밑에 숨어
끝내 꺼내 놓지 못했을까

그때 만약
용감하게 꺼내서 펼쳐 보였더라면
지금쯤 아주 아름답게
이제는 매우 화려하게
꽃을 피울 수 있을 텐데
그땐 왜
고백조차 못했을까

이제는 영영
묻혀 버린 그 고백
빛이 바랄 대로 바랜 추억이 되어
가슴 깊이깊이 박혀 버린 지 오래

만약 지금 내게
다시 그날이 돌아와 준다면
사랑 가득 담은 하얀 진주를
아프게 아프게 떼어내어
그 사람에게 꼭 선물하고 싶어라.

박덕은 作 [시심의 정물화](파스텔화, 2013.3)

자 이제

자 이제
툴툴 털고 일어서요
어서 내 손을 힘차게 잡아요
언젠가 세월이 흐른 뒤에 뒤돌아보면
아무것도 아닌 것을
그렇게 심하게 마음 상하지 말아요

자 이제
모두 다 잊어 버려요
제대로 알고 보면 엄청난 오해일 수도 있고
또 막상 알고 보면 별것도 아닌 것을
사실과 너무 다르게
오해하고 있을 수도 있잖아요

자 이제
심호흡 크게 하고
좁아진 가슴 활짝 펴요
넓어진 가슴에
라일락 향기 흠뻑 뿌리고
창문 활짝 열고

햇살 가득 들게 해요

자 이제
웃으며 콧노래 불러요
지나가는 바람과도
다정하게 이야기도 나누고
떠가는 구름도 쳐다보며
하늘까지 닿게 큰소리 질러 봐요.

박덕은 作 [차향 그릇](파스텔화, 2013.3)

차라리

사랑하는 사람을 눈앞에 두고
머뭇머뭇 할 말 못하고 백년을 사느니
지독한 면박을 당하고
수만 번 외면당할지라도
지금 사랑한다고 고백을 하고
당신 없이는 단 일 분 아니 일 초도 살 수 없다고
그렇게 다 토해내 버리고
차라리 쓰러져 죽겠습니다

사랑하는 사람과 함께 살지 못하고
정신 빠진 육신만 데리고 사느니
단 하루를 함께하고 죽더라도
차라리 그 길을 택하겠습니다

가슴속에 곱게 간직해온 절실한 사랑을
활짝 꽃피우지도 못하고
피맺히는 서러움에 사그라드는 걸
그저 무기력하게 바라보느니
아예 싹이 트기도 전에
차라리 까맣게 불태워 버리겠습니다.

박덕은 作 [기다림이라는 행복](파스텔화, 2013.3)

당신을 떠올리면

미소 띤 바람이
보고픔에 지친 나의 얼굴을
걱정스럽게 바라보며
가느다랗고 하얀 명주실처럼
길게 여울져 나풀거립니다

가슴에서 피어오르는
밤안개처럼 희뿌연 추억들은
머릿속을 색색이 수놓으며
마구 헤집고 다닙니다

푸른 별빛 따라 실려 온
수줍은 이야기들은
보석처럼 와르르
방안으로 쏟아져 내립니다

발밑으로 스며드는
연분홍 그리움들은
오색 풍선처럼
가슴속을 비집고 들어와

날아오릅니다.

박덕은 作 [황혼녘의 시심](파스텔화, 2013.4)

내가 지금

천천히 닮아가고 있다
그 옛날 아버지의 모습으로
머리털은 빠지고
눈꺼풀은 처져 가고
얼굴은 핼쑥해져 가고 있다

서서히 닮아가고 있다
그 옛날 어머니의 모습으로
얼굴에 주름은 늘어 가고
눈은 작아지고
멋스러움에 소홀해져 가고 있다.

박덕은 作 [섬의 환희](파스텔화, 2013.3)

왜 너는 모르니

왜 너는 모르니
나의 가슴속에는
널 사랑하는 마음으로
온통 가득차 있다는 걸

왜 너는 모르니
난 하루 종일
너만 생각하며
너만 기다리며 산다는 걸

왜 너는 모르니
언제 어디를 가도
항상 너의 얼굴이
내 가슴속에 자리잡고 산다는 걸

왜 너는 모르니
누가 뭐래도
너의 말이라면
모든 걸 언제나 굳게 믿는다는 걸

왜 너는 모르니
내가 너와 함께 있을 때
어느 때보다도
가장 행복해 한다는 걸.

박덕은 作 [봄향 품은 여심](파스텔화, 2013.3)

그대여

행복의 그물막을
다 거둬
떠나가세요

이왕 갈 바엔
시리디시린 이 아픔도
몽땅 다 싸들고서
떠나가세요

훈기 남아 있는
선홍빛 사랑도
가슴속에서 떼어 주고
떠나가세요

아직 채 꺼지지 않고 있는
뜨거운 열정도
얼음더미에 묻어 버리고
떠나가세요

소중한 기억들도

다 끄집어내어
아무데나 막 흩뿌리며
돌풍처럼
떠나가세요.

박덕은 作 [노을빛 사랑 고백](파스텔화, 2013.3)

내게로 걸어오고 있다

서릿바람은
여름 내내 열려 있던
하얀 가슴팍을 파고들며

낡아빠진 허전함은
선홍빛 심장을 드러내며
풀벌레 소리 타고

왠지 찡한 느낌들은
질서 없이 나뒹구는
짙은 갈색 추억을 밟으며

나는 이토록
아쉬움에 떨며 슬퍼하는데
단풍은 옷깃 곧추세우고
화려하게 치장한 채.

박덕은 作 [백년의 언약](파스텔화, 2013.3)

나는 · 1

당신 얼굴 보고 싶으면 언제나
부드러운 달빛으로 만져볼 수 있는
달이 되고파

당신이 가고 싶으면 어디든
금방 데려다줄 수 있는
바람이 되고파

당신이 자고 싶으면 언제나
흰 방석 위에 재워 줄 수 있는
구름이 되고파

당신의 미소가 원하면 늘
달콤한 행복 맛보게 해주는
꽃이 되고파.

박덕은 作 [신혼여행](파스텔화, 2013.3)

나는 · 2

당신의 그리운 눈길 따라 피어오르는
예쁜 추억이 되고파

당신의 젖은 외로움 포근히 품어 주는
맑은 호수가 되고파

당신이 울고 싶으면 언제나
대신 펑펑 울어 줄 수 있는 비가 되고파

당신의 시린 눈물 따라 흘러내리는
슬픔을 바싹 말려주는 햇살이 되고파.

박덕은 作 [호수가 받아 쓴 詩](파스텔화, 2013.3)

행복한 사람

태어나서
죽을 때까지
살아 있는 동안

단 한 번이라도
자기 몸을 던져서
온전히 사랑할 수 있다면
행복한 사람

단 한 번이라도
서로 사랑할 수 있고
서로 사랑 받을 수 있다면
행복한 사람

단 한 번이라도
소중한 사랑을
끝내는 쟁취했다면
행복한 사람.

박덕은 作 [고향집의 향기](파스텔화, 2013.3)

제2장
나는 늘 혼자였다

박덕은 作 [추억의 길](파스텔화, 2013.4)

시인

느끼는 모든 게 다
내 품안에 있다
뭐든 주물럭 주물럭
천차만별 각기 다른 집을
짓는 건축사

생각하는 모든 게 다
내 마음속에 있다
뭐든 꼼지락 꼼지락
각기 향이 다른 꽃차를
우려내는 마술사

보이는 모든 게 다
내 손끝에 있다
뭐든 만지작 만지작
천양지차 맛 다른 음식을
뽑아내는 요리사.

박덕은 作 [봄 향기처럼](파스텔화, 2013.3)

아버지 · I

당신의 웃음 뒤에 숨겨진
깊은 시름덩어리를
미처 알지 못했습니다

당신의 의연함 뒤에 숨겨진
긴긴 한숨 소리를
미처 듣지 못했습니다

당신의 꾸지람 뒤에 숨겨진
뜨거운 사랑을
미처 깨닫지 못했습니다

당신의 무관심 뒤에 숨겨진
향기로운 시선을
미처 보지 못했습니다.

박덕은 作 [평생 친구](파스텔화, 2013.3)

아버지 · 2

그토록 듬직하던 어깨는
처절한 짐 때문에
초가집 처마처럼
축 처져 있더군요

그토록 곧던 허리는
마치 사냥 마친 뒤
구석에 놓여진 활처럼
심하게 휘어 있더군요

그토록 숨가쁘게
가시밭길 달려왔던 두 다리는
빗자루처럼 허기져
하늘 보고 누워 있더군요

그토록 바쁘던 두 손은
먼 길 떠나는 나그네처럼
텅 빈 마음 이끌고서
서둘러 나서고 있더군요.

박덕은 作 [물그림자 사랑](파스텔화, 2013.4)

어머니 · 1

어머니,
당신의 자상함 뒤에 숨어 있던
살이 찢어지는 듯한 고통을
그땐 미처 느끼지 못했습니다

어머니,
당신의 포근함 뒤에 숨어 있던
세상 비바람보다 더 많은 근심을
그땐 미처 깨닫지 못했습니다

어머니,
당신의 인자함 뒤에 숨어 있던
천근만근 무거운 피로를
그땐 미처 알지 못했습니다

어머니,
당신의 다정함 뒤에 숨어 있던
끈질기게 달려드는 두려움을
그땐 미처 보지 못했습니다.

박덕은 作 [다시 찾은 고향](파스텔화, 2013.3)

어머니 · 2

그토록 싱싱하던 젊음을
다 내게 내어 주고
이젠
앙상한 뼈만 남았군요

그토록 아름답던 미소를
다 내게 발라 주고
이젠
쪼그라져 버린 시름만 남았군요

그토록 소중한 시간들을
다 내게 입혀 주고
이젠
시들어 비틀린 시간만 남았군요

그토록 향기롭던 마음을
다 내게 먹여 주고
이젠
빛바랜 빈 텃밭만 남았군요.

박덕은 作 [그리움의 크기만큼](파스텔화, 2013.3)

어머니 · 3

피어오른 흰머리는
이른 새벽 겨울 들녘에
소리 없이 내린 눈 속에
말없이 묻혀 버렸습니다

그 곱고 예쁜 얼굴 위에
까맣게 내려앉은 잔주름은
빛바랜 한숨 안고
밤하늘 향해 누워 있습니다

그토록 빛나고 해맑았던
그 고운 눈빛은 이제
초점 잃은 채 허공 향해
거친 숨 몰아쉬고 있습니다

그토록 뜨겁게 끓어올랐던
사랑의 열기는 다 빠져나가고
희뿌연 냉기만 까칠하게
턱밑까지 차올라와 있습니다.

박덕은 作 [무수한 그리움](파스텔화, 2013,3)

타국에 있는 아들을 만나러 가며

간밤을 뜬눈으로
꼬박 지샜다

가슴속 그리움은
몰려오는 피곤함도
몰아치는 졸음도
막무가내로
모조리 걷어내 버리고 있다

조급함과 보고픔을
가슴속에 가득 다져 넣고
흰 눈 몰고 온 칼바람에
덜덜거리는 차를 달래가며
깃털처럼 가벼운 몸을 싣고
한없이 내달리고 있다

내가 비행기를 탔는지
비행기가 내 마음에 탔는지
두리둥실 꿈속을 달려가는 나에게
세상에서 가장 잘생기고

세상에서 가장 믿음직한
자랑스런 아들이
내 앞에 우뚝 서 있다.

박덕은 作 [사랑마크 축제](파스텔화, 2013.4)

이국땅에서 아들과 헤어지며

말도 잘 안 통하는 동안
처음의 타국 생활이
얼마나 무섭고 두려웠을까

밤마다 밀려오는 외로움의 파도와
쓸쓸함의 비바람을 맞으며
얼마나 떨었을까

그토록 수많은 밤을
얼마나 눈물로 지새웠을까
얼마나 그리움에 목이 말랐을까

혼자 자취하면서
맛없는 음식을 목젖으로 넘기는
고통이 얼마나 컸을까

다시는 외로움 스며들지 않게
잠자리에 행복 뿌려 덮어 놓고
향기로운 이야기 꽃나무
방안 가득 심어 물 가득 뿌려 주고

웃음 풍선 만들어 천장에 주렁주렁 매달아 놓고
밤마다 쓸쓸함에 떨지 않게
창문마다 열린 틈새를
사랑의 솜털로 꼭꼭 눌러 막아 놓고

금방이라도 터질 것만 같은 눈물보따리는
창문 너머 뒤뜰에 묻어 놓고
핏빛 쏟아지는 가슴 움켜쥐고
흔들어대는 손바닥 뒤로
쏟아져 내리는 눈물 온몸에 적시며

머뭇거리는 발바닥을 갈기갈기 쥐어뜯으며
나의 핏덩이를
머나먼 타국에 남겨두고 쓸쓸히 떠나간다.

박덕은 作 [시심의 하루](파스텔화, 2013.3)

이국땅에서 잠자는 아들을 바라보며

그동안
얼마나 외로웠으면
저리도 좋아할까

내일이면
이별해야 할 고통이
지금 나의 온몸을
거칠게 할퀴어 대고 있다

뭔가가 나의 심장을 짓누르고 있어
당장 숨이 멎을 것만 같고
한없이 무겁게 느껴진다

우리는 도대체
어디에서 와서
어디로 가는 걸까

한참을 수다를 떨다
어느새 곤히 잠든 아들을 보며
나는 아무래도

비밀 일기

좀처럼 잠들 것 같지 않다.

박덕은 作 [벽화의 꿈](파스텔화, 2013.3)

노부부

우리가
어디를 가겠는가

우리가 지금 갈 수 있는 곳은
아무데도 없다

그저 아이들 보고 싶을 때
가끔씩 만나러 가고

가끔씩 함께
집 앞 공원이나 놀이터로 가서
사람 구경하다

어스름녘
집에 돌아와 옆으로 누워

뉴스 들으며 드라마 보며
그냥 편히 쉬는 것뿐.

박덕은 作 [사랑바라기](파스텔화, 2013.3)

나 홀로 남겨진 어느 일요일 오후

아이들 웃음소리가
떼굴떼굴 굴러다니고
항상 소란스러움으로
가득차 있던
거실 바닥엔
나른한 햇살들만
쿨 쿨
낮잠 자고 있고

아내의 어여쁜 발걸음이
부산히 걸어다니고
맛있는 음식 내음이
요동을 치고 다니던
풍요로운 부엌엔
쓸쓸함만이 내려앉아
훌쩍 훌쩍
울고 있다.

박덕은 作 [기다리고 기다리고](파스텔화, 2013.3)

내가 이 세상에 태어나

내가 이 세상에 태어나
가장 운 좋은 게 있다면
그건
내가 그 많은 사람들 중에서
오직 당신만을 사랑하게
되었다는 것입니다

내가 이 세상에 태어나
가장 기쁜 게 있다면
그건
행복의 보금자리엔
당신의 아름다운 향기가
늘 가득차 있다는 것입니다.

박덕은 作 [행복처럼 가득히](파스텔화, 2013.4)

나는 늘 혼자였다

아주 어렸을 적
그러니까 엄마젖을 갓 떼고 난 어느 날
엄마가 장에 가시면서
절대 밖에 나가지 말라며
방바닥에 엄마의 마술 손가락으로 덩그렇게 그려 놓은
투명 동그라미 속에 갇혀
온종일 손만 빨아대며 배고픔에 시달려야 했다
그때부터 난 늘 혼자였다
보이지 않는 추억의 유리 상자 안에서
상처 난 가슴을 침대 밑에 걸어 놓고
피눈물을 손수건에 흥건히 적셔
그리움의 거울 앞에 펼쳐 놓아도
아무도 그것을 눈치채지 못했다
그때부터 난 늘 혼자였다.

박덕은 作 [그리움의 개화](파스텔화, 2013.3)

이제 곧 시집가는 딸을 바라보며

나는 지금도 생생히 기억한다
그 옛날 세상에 막 태어났을 때
그리 우렁차게 울어대다
물려주던 엄마젖을 허겁지겁 빨고 나더니
새근새근 천사처럼 잠자던 그 모습을

나는 지금 기쁘게 지켜보고 있다
그 옛날 핏덩이가
이제 하얗게 윤기 나는 나래 퍼덕이며
오래도록 살냄새를 묻고 자란
낡은 둥지를 떠나가려는
어여쁘고도 소중한 내 보물을

나는 지금 벌써 느끼고 있다
이제 새로운 짝을 찾아 떠난 뒤
남겨진 허름한 빈 둥지를 바라보며
심장이 떨어져 나갈 것 같은
언젠가 가슴속에 휘몰아쳐 올
거대한 폭풍우와 같은 허전함을

비밀 일기

나는 지금 흐뭇하게 상상하고 있다
너의 인생 동반자와 함께
매일매일 행복의 돗자리를 짜서
세월의 빈자리에 깔아 줄
풍요롭고 성숙한 미래를.

박덕은 作 [연못의 속삭임](파스텔화, 2013.4)

고물상

할머니가 도착하자
주인은 폐지가 가득 실린 손수레만을
매가 먹이를 낚아채듯 끌고 들어간다

그렇게 하루 종일 주인은
냉동실 속에 갇혀 지내고 있었다

잔뜩 아쉬움에 떨고 있는
어둠의 끄나풀을 손수레에 질질 매단 채.

박덕은 作 [추억의 고물상](파스텔화, 2013.3)

아들을 다시 타국으로 떠나보내며

다시 밀려올 외로움이 두려운 듯
그토록 많이 투정을 부리더니
이젠 이별의 늪에 빠져
연신 허우적대고 있다

짐 챙기는 모습이 마음을 할퀴어 대고
일 분 일 초 지나갈수록
시리디시린 감각은
크기를 알 수 없는 거대한 구멍을 파고 있다

공항으로 가는 동안
무거운 침묵이
가끔씩 내쉬는 서로의 한숨과 함께
숨통을 옥죄고 있다

마지막 작별 인사가
두려워서일까

쏟아지는 눈물을 보이지 않으려
아예 멀리서 손을 흔든다

비밀 일기

개찰구를 지나는 뒷모습이
허전함으로 되돌아와
한바탕 온몸을 할퀴어 댄다

살이 다 녹아내린 듯
뼈만 앙상하게 남아
일그러지는 울음으로 뒤돌아선다.

박덕은 作 [햄버거의 기쁨](파스텔화, 2013.3)

중년

어느 날 우연히
지금껏 내달려온
나의 뒤안길을 뒤돌아보았다

희노랗게 색이 바랜
키 큰 나무들 사이로
희뿌연 안개만이 자욱할 뿐

아름답고 화려한
그런 상상 속 그림은
어디에도 찾아볼 수가 없다

단지 지금 이 자리엔
늙수그레 병든 숨이
서녘의 검붉은 노을 속으로
초췌하게 빨려들어 가고 있을 뿐.

박덕은 作 [사랑의 꽃바구니](파스텔화, 2013,3)

나

외로움으로 둘러싸인 채
하얀 파도에 숨어 밀려오는
차운 고독을 몸에 적시며
온종일 지쳐 쓰러져 있는
섬

끝없이 펼쳐지는
샛바람의 휘파람 연주 들으며
푸르디푸른 물잔디 위에
두둥실 떠 있는 한 점의 작은
섬

지평선 너머
무지개 따라 피어오르는
파란 그리움 잡아 보고파
가쁜 숨 몰아쉬며
쉴 새 없이 헤엄쳐 달려가는
섬

매일매일 수없이 반복되는

■ 비밀 일기

질긴 시간의 장막 속에서
긴긴 고통의 터널을
헤매고 있는
섬.

박덕은 作 [박봉은 시인](파스텔화, 2012.12)

제3장
이별 연습

박덕은 作 [그날 그 자리](파스텔화, 2013.3)

첫 데이트

작은 손놀림 따라
작은 한곳 향하여
달려 나가는
작은 소리들의 어울림

순간의 침묵을 깨고
갑자기 솟구쳐 오르다가
다시 내려와
천천히 숨을 고르다가

수많은 선율 따라
한순간
우수수 쏟아져 내린다

몸을 움츠려 곧추세워
하늘 향해 튀어 오르는
무지갯빛 재잘거림들.

박덕은 作 [화병의 멋](파스텔화, 2013.3)

결혼식

별처럼 반짝이는
수많은 축하의 눈길을
한데 모아 모아

꽃처럼 향기로운
사랑스런 마음의 축복을
모두 받아 받아

보석처럼 빛나는
둘만의 아름다운 고백을
함께 엮어 엮어

태양처럼 눈부신
싱그러운 미래의 행복을
고이 담아 담아.

박덕은 作 [사랑의 상승 기류](파스텔화, 2013.3)

후회

용암처럼 끓어올라
솟구치는 분노를
다 토해 버리고 나니
가슴속 허전함을
견딜 수가 없습니다

우박처럼 쏟아지는
가슴 없는 말들을
다 쏟아 버리고 나니
부끄러운 마음을
감출 수가 없습니다

낙엽처럼 일그러져
미소 없는 생각을
다 벗어 버리고 나니
찢어지는 아픔을
가눌 수가 없습니다.

박덕은 作 [도전의 기회들](파스텔화, 2013.3)

상흔

언제부터인가
당신이 내 마음속에
조용히 들어왔어요
결코 싫지만은 않는 듯
무심코 내버려 두었어요
아니, 들어오게 아예
문을 열어 놓았어요

달콤한 사랑의 열매가
주렁주렁 열린 방에도
당신이 몰래 들어왔어요
결코 싫지만은 않는 듯
그저 당신을 멍하니
바라만 보고 있었어요
아니 그냥 오래도록
거기 있어주길 바랬어요

그러던 어느 날
당신은 떠나가고
그 자리엔

회색빛 아픔만 남았어요
향기도 사라지고
아린 상처들로 여기저기
얼룩이 져 있었어요.

박덕은 作 [그리움 속](파스텔화, 2013.3)

새벽 출근길

밤새 눅눅해진 어둠을
나지막한 기침으로 가르며
뚜벅뚜벅 길을 나선다

짙게 깔린 안개를
가슴의 떨림으로
깊게 깊게 들이마시며

밤새 닫혀 있던 눈길은
외로움 가득 묻혀
쓱싹쓱싹 닦아내며

하얗게 앓던 추억들은
가로등의 촉촉한 눈길로
다시 곱게 손질하며.

박덕은 作 [온천의 신비](파스텔화, 2013.2)

시심

창틈으로 새어드는
휘리링 바람 소리 듣다가
방문을 열고
바람 소리 따라가 보니
덜컹거리는 대문 옆
그곳에 당신이 있었습니다

이른 아침 산책하러 나왔다가
희뿌연 물안개가
새벽잠을 자고 있는
어두운 숲속을 바라보니
빛바랜 벤치 위
그곳에도 당신이 있었습니다

아무 생각 없이 산바람 맞으며
한적한 오솔길 걷다가
부스럭거리는 소리에 놀라
뒤돌아보니
도토리 주워 먹는 다람쥐 옆
그곳에도 당신이 있었습니다

잔잔히 음악이 흐르는
카페 한구석에 홀로 앉아
넘실거리는 추억에 젖어
구석을 바라다보니
노란 조명등 밑
그곳에도 당신이 있었습니다.

박덕은 作 [나비의 열정](파스텔화, 2013.2)

절규

지금까지 이어온
우리 소중한 인연을
그렇게 아무렇지 않게
바라보지 말아요

바람에 나부끼는
작디작은 민들레홀씨처럼
그렇게 가볍게
날려 버리지 말아요

당신 곁에 있으면
이토록 행복한데
당신을 바라보고 있으면
이토록 황홀한데.

박덕은 作 [기다림의 끝](파스텔화. 2013.3)

만남

잠든 가슴속에서
맹렬히 끓어오르는
끝없는 환희

목말라 있던 온몸
촉촉이 적셔 주는
가뭄 속 단비

아픈 몸
추스러 일으켜 주는
따스한 손길

어느 때든 눈길을
즐겁게 해주는
아름다운 무지개

추억의 코끝을
강렬히 자극하는
향기로운 꽃마음.

박덕은 作 [믿음 소망 사랑](파스텔화, 2013.3)

향수

추억 속 마을 앞 공터 한가운데
커다란 정자나무 그늘 아래 앉아
불어오는 풀향 맡으며
들려오는 뻐꾸기 소리 따라가다
불현듯 사방을 둘러보니
바위 뒤 나무 뒤 풀숲 뒤로
소리치며 사방으로 뛰어다니는
부르면 금방이라도
바로 눈앞에 나타날 것만 같은
코흘리개들이 거기 있었습니다.

비밀 일기

박덕은 作 [철쭉꽃 축제](파스텔화, 2013.3)

낭만

꽃잎이 우수수 떨어지는
벚꽃나무 밑에서
하얀 옷 나풀거리며 서 있는
아름다운 그대 모습을 봅니다

맑은 물 철철 흐르는
계곡 물길 속에서
예쁜 발 물에 담그고 앉아 있는
아름다운 그대 모습을 봅니다

흰구름 둥둥 떠가는
파란 하늘 속에서
아기처럼 천진스럽게 웃고 있는
아름다운 그대 모습을 봅니다

우아하게 피어 있는
꽃밭 속에서
꽃보다 더 어여쁘게 서 있는
아름다운 그대 모습을 봅니다.

박덕은 作 [그리움 단지](파스텔화, 2013.3)

회상 · 1

끈적끈적한 인적이 끊겨 버린
코스모스 길 따라
기나긴 그림자를 끌고 내게로 왔다

마치 그대가 날 바라볼 때처럼
달빛 머금은 호수 위에
사랑스런 눈길이 머물러 있다

입맞춤은 짜릿하게 발끝까지 전해져 오고
황홀한 추억은
미친 듯이 나를 휘감아 돌고 있다

이 시간 나는 나무인형처럼
아무것도 말할 수 없고
전혀 꼼짝도 할 수가 없다.

박덕은 作 [그리움의 향기.1](파스텔화, 2013.2)

회상 · 2

기억의 창문 앞에
당신은
서 있습니다

슬픈 기억들을 날려 버리고
황홀했던 순간만을 꼬옥 안은 채
서 있습니다

알 듯 모를 듯한 미소 지으며
하얀 옷자락 휘날리며
지금 내 앞에 서 있습니다

우리 추억들은
이미 별이 되어 버렸건만
우리 눈물들은
이미 구름이 되어 버렸건만.

박덕은 作 [열정의 분출](파스텔화, 2013.2)

방황 · 1

나는 지금
눈물바다로 둘러싸인
무인도에
혼자 갇혀 있습니다

뜨겁게 달궈진 외로움으로
몸속이 새까맣게
타들어가고 있습니다

깊이를 알 수 없는
깊은 늪에 빠져 있습니다
허우적거리면 거릴수록
더 깊숙이 빠져듭니다

아무런 빛도 보이지 않습니다
아무런 소리도 들리지 않습니다
그저 짜디짠 슬픔만
온몸으로 녹아 스며들 뿐

몸 구석구석 고통으로 닳고 닳아

이제는 뼈만 앙상하게 남았습니다
가느다란 한 줄기 미련만이
바람에 나풀거리고 있습니다

울다 울다 지친
마음도 제 갈 길로 떠났습니다
꿈결 속에 아스라이
잠들고 싶습니다.

박덕은 作 [무화과의 꿈](파스텔화, 2013.2)

방황 · 2

나의 얽혀 버린 추억은
뭔가 의지할 곳을 찾아
습하고 퀴퀴한 터널 속을
갈라진 혓바닥으로
온몸을 음미하며
스멀스멀 기어다니고 있다

금방 없어지지 않을 것 같은
고통의 혹들은
몸 구석구석 돋아나
쉽게 끝날 것 같지 않은
슬픔의 연주 타고
상처 난 가슴속을 드나들며
굶주린 날파리 떼처럼
타들어가는 애간장을 핥아대고 있다.

박덕은 作 [낭만의 별장](파스텔화, 2013.2)

방황 · 3

스산한 바람 타고
소리 없이 전해지는 느낌들은
헝클어진 갈대밭에서
흥건히 흐느끼고 있고

스며든 외로움은
갈가마귀 떼처럼 달려들어
심장까지 쪼아먹고 있고

타들어가는 목마름은
끊임없이 울부짖으며
퀘퀘한 바닥에 나뒹굴고 있고.

박덕은 作 [단풍의 열정](파스텔화, 2013.4)

방황 · 4

검디검은 고통의 비를
온몸에 적시며
썩은 초가집 처마밑을 지나가고 있다

갈구리처럼 튀어나온 상념들이
비에 젖은 땅바닥을 뚫고 나와
가슴을 파고들고

갈수록 치열해지는 머릿속은
부러진 추억의 조각들을 붙잡고서
몸부림치며 자멸하고 있고

솟구쳐 오르는 분노의 외침을
억제하지 못한 채 이 시간도
마음은 썩어 문드러져 가고 있다.

박덕은 作 [청포도와 수박](파스텔화, 2013.2)

방황 · 5

나는 지금
시름의 바닷속
칠흑 같은 심연에 잠겨 있습니다

온몸은 차갑게 식어가고
심장은 하얗게 얼어가고 있습니다
손도 발도 움직일 수 없고
뜨겁던 생각마저도 멈추었습니다

할 수 있는 건 아무것도 없습니다
바다 위에 떠있는 고무보트처럼
휩쓸리는 물결에 마음을 떠맡길 뿐

갈바람 속 연기처럼
이른 아침 물안개처럼
서서히 그리고 흔적 없이
철저하게 사라져 가고 있습니다

가물대는 기억조차
나를 알아보지 못합니다.

박덕은 作 [낭만의 비상](파스텔화, 2013.2)

방황 · 6

스스로의 방어막조차
모두 걷어내 버리고

정복자처럼 몰려드는 허허로움에
온몸 맡긴 채 서 있다

갈등의 덫은
사방에 가시처럼 돋아나 있다

그토록 날뛰던 세 치 혀는
지금 묵직하게 가라앉아 있다

시간을 토막 내 분노의 냄비에 넣고
펄펄 끓이고 있다.

박덕은 作 [파도의 사랑 고백](파스텔화, 2013.2)

이별 연습

이제 우리
천천히 아주 천천히
마음 준비를 해야겠다

언제 갑자기
어느 누가 떠날지라도
안 아프게 아프더라도 조금만 아프게

여기저기 진득이처럼
붙어 있는 정과 사랑을
하나둘 떼어내고

떠날 때는
아무것도 남기지 않고
아무 추억도 남기지 않고

깃털처럼 가볍게
아침 공기처럼 맑게
떠날 수 있도록
미리미리 준비를 해야겠다

지나가는 시간들도 모두 다 붙잡아
늘어진 달빛 위에 치렁치렁 걸어 놓고
이것저것 모두 다 지워 버리고

혹시 터질지 모르는 눈물샘도
꼭꼭 다 막아 놓고
가슴속 가득차 있는 서러움도
꽁꽁 다 묶어 놓고

해질녘 검붉은 노을 속으로
슬픈 내음 절대 피어나지 않게
혼자 가만히 떠날 준비를 해야겠다.

박덕은 作 [사랑의 바닷가](파스텔화, 2013.2)

가끔은 · 1

갑자기 두렵고 불안해진다
특별한 이유 없이
가슴이 마구 뛴다
어렸을 적 잠시라도
엄마가 내 곁을 비우면 그랬듯이

혼자 어디론가 달려가서
꼭꼭 숨어 버리고 싶은데
정작
숨을 곳이 없다

몇 겹으로 친친 동여맨
운명의 끄나풀 때문에
끈끈이주걱에 갇힌 파리처럼
옴짝달싹 할 수가 없다

지워지지 않는다
사라지지 않는다
시간이 지날수록 갈고리가 되어
더욱더 앙칼진 모습으로 다가와

할퀴고 괴롭힐 뿐

그래서 가끔은
사람들이 죽음을 생각하나 보다.

박덕은 作 [그리움의 우산](파스텔화, 2013.2)

가끔은 · 2

힘들 때마다
문득 이런 생각이 들어

내가 만약 교통사고가 나
죽기라도 했다면
지금이라는 존재는 어떠할까

이 세상에 없거나
있어도 많이 다쳐서
쓸데없이 허우적대며
시간과 영혼을 낭비하고 있겠지

지금 현재가
아무리 고통스럽더라도
이게 훨씬 더 나은 거야.

박덕은 作 [금붕어의 아침](파스텔화, 2012.12)

가끔은 · 3

차가 꽉 막혀
가슴이 답답하고
와락 짜증이 많이 날 때
혼자 가만히 생각해 봐

만약 사고가 나서
차가 뒤집혀 불에 탔거나
부상 당해 입원했거나
죽었다면?

그보다는
차가 막혀 짜증이 나는 게 더 나아
지금이 몇 백 배나 더

단지
몇 시간 늦는 것뿐이야
목숨이라도 붙어 있어
사랑하는 이들을 볼 수 있으니까.

박덕은 作 [사랑, 그리움, 그리고 기다림](파스텔화, 2013.2)

가끔은 · 4

돈이 없어서
사랑하는
사람이 없어서
외로워서
배고파서
불행할 때마다
영화 속으로 들어가
총에 맞아 죽고
굶어 죽고
적들에게 끌려가 고문당하고
사랑하는 사람들이
곁에서 죽어가고
그걸 보면서
안타까워하고
눈물을 흘리고
억울해 하고
분노가 치밀어 올라
안절부절못하는 그런
슬픔이 극에 달한 상황을
생각해 보곤 해.

박덕은 作 [계곡의 꽃노래](파스텔화, 2013.2)

운명

내 의지와는 상관없이
바람이 불면 우리 모두 하나로 섞여 있다

우리가 굴러가는 곳에
제 갈 길이 만들어질 뿐

물이 차면 다시 새로 태어나
해가 뜨면 다들 제 갈 길을 간다.

박덕은 作 [복사꽃 사랑](파스텔화, 2013.2)

제4장
12월 마지막 날에

박덕은 作 [단풍의 향기](파스텔화, 2013.4)

진달래꽃

기나긴 칼바람의 겨울
눈조차 뜰 수 없어
모두 숨죽어 엎드려 있을 때
오직 너만은 깨어 있었다

기다림에 떨고 있을 때도
언젠가 품으로 돌아올
환희의 따뜻한 숨결을
너는 이미 알고 있었다

세상이 지쳐 쓰러져
어둠 속에서 울고 있을 때도
너만은 이 악물고
끊임없이 미래를 다듬고 있었다

아직도 미적거리고 방황하며
매몰차게 내리는 찬서리에도
너는 두려워하지 않고
온몸 내던져 일어서고 있었다.

박덕은 作 [나비 천사](파스텔화, 2013.2)

매미

작고 가녀린 몸으로
뜨거운 한여름 열정을
온몸으로 담아내더니

하늘이 터져라
밤새도록 부르짖던
가슴 찢는 외침이여

새 생명 잉태하려
천둥 번개 견디며
가슴 조이며 지내왔던
기나긴 인고의 세월이여

고통의 순간도
안타까운 연민도
땅 밑에 고이 묻어 두고

온몸 짓이겨
진하디진한 사랑 가득 담아
하늘 그림자 따라

말없이 떠나간다.

박덕은 作 [해변의 꽃무리](파스텔화, 2013.3)

겨울 들녘

그토록
풍성했던 곳에
이젠
공허함만 가득합니다

그토록
화려했던 곳에
이젠
초라함만 넘실댑니다

그토록
소란스럽기만 했던 곳에
이젠
고요만 숨죽이고 있습니다

그토록
푸르름이 노래했던 곳에
이젠
시린 아픔만 너울거립니다.

비밀 일기

박덕은 作 [단풍들의 함성](파스텔화, 2013.2)

겨울 담쟁이넝쿨

그토록 화려했던 옷들을
다 벗어 버리고
침묵의 벽을 둘러치고
홀로 외롭게
추억의 길을 더듬고 있다

다시 태어날 새로운 세상을
품안에 다져 넣고
숨겨진 미소를
밤이슬에 몰래 흘리며
촘초롬히 기다림의 배를 타고
소리 없이 흘러가고 있다.

박덕은 作 [바위산 단풍](파스텔화, 2013.3)

가을 풍경

수줍어 어쩔 줄 모르는
단풍의 붉은 물이
세차게 쥐어짜는 듯
머리 위로
뚝뚝 떨어져 내리고 있다

간밤에 불어닥친 찬바람에
가슴 시린 눈물이
발 아래로
솔솔 스며들고 있다

그토록 살을 에던
한숨이
황혼길 재촉하는 햇살 속으로
쓱쓱 파고들고 있다

오고가는
이별의 아픈 고통이
메마른 풀잎 위로
펑펑 쏟아져 내리고 있다.

박덕은 作 [석류의 독서](파스텔화, 2013.3)

여름 휴가지

휘영청 밝은 하얀 달이
깊고 깊은 밤에
물안개 따라 몰래 내려와
나의 외로움과 그리움을
온통 다 빼앗아 버리는 곳.

박덕은 作 [차향의 여백](파스텔화, 2013.3)

일출

곱디고운 빛으로
지평선을 물들이고
숨 막히게 솟아오르는
거대한 눈부심 하나.

박덕은 作 [데이트의 향기](파스텔화, 2013.3)

봄

풋풋한 풀내음이
메마른 목젖을
수시로 넘나들고

갓 자란 아지랑이가
옷자락에 달라붙어
온종일 칭얼거리고

겨울 내내 찬바람에
서러움 토해내던 햇살이
살며시 더듬거리고

오랜 시간 갇혀 있던
향기로운 살내음이
막무가내로 바람을 타고.

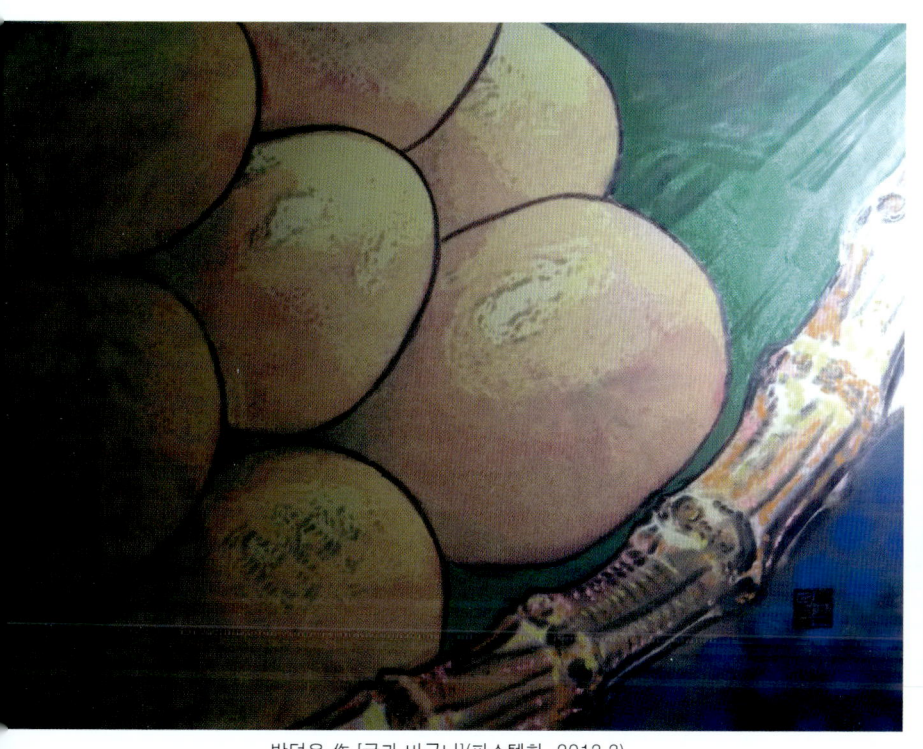

박덕은 作 [귤과 바구니](파스텔화, 2013.3)

가을 속에서

내 가슴속에는 온통
단풍으로 물들어 있다

어느새 자취를 감춘
그 여름날의 열정도

차가운
이별 느낌도

마음속에
진절머리 나게 틀어박혀 있던
늘어지고 빛바랜 게으름도

모두 다 떠나버린
텅 빈 그 자리도

뜯겨진 흔적을
따스이 데워줄 것만 같은
기다림도
함께.

박덕은 作 [단풍과 낙엽](파스텔화, 2013.3)

늦가을

비에 흥건히 적셔도
씻겨지지 않는 그리움처럼
가지 끝에 매달려 청승맞게 떨고 있다

결코 퇴색되지 않는 화려함을
온몸에 두텁게 바르고
침묵으로 서 있다

시린 아픔 다 내주어도
발밑에 묻어 놓은 채
깊은 시름을 끝없이 토해내고 있다

결코 지워지지 않는 이별의 아쉬움을
자꾸만 번져 가는 어둠의 물결에 숨겨 놓고
훌쩍이고 있다.

박덕은 作 [시심의 색채](파스텔화, 2013.3)

한실 문예창작 문우들의 작품집

오늘의 詩選集 Series

오늘의 詩選集 제1권

화장을 지우며
강만순 지음 / 144면

오늘의 詩選集 제2권

또 한 번 스무 살이 되고 싶은 밤
김숙희 지음 / 160면

오늘의 詩選集 제3권

사랑의 빈자리 될까 봐
박완규 지음 / 144면

오늘의 詩選集 제4권

유모차 탄 강아지
김미경 지음 / 112면

오늘의 詩選集 제5권

이 환장할 봄날에
신점식 지음 / 176면

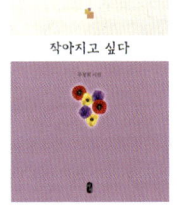

오늘의 詩選集 제6권

작아지고 싶다
주경희 지음 / 176면

오늘의 詩選集 제7권

가을은 어디나 빈자리가 없다
전금희 지음 / 176면

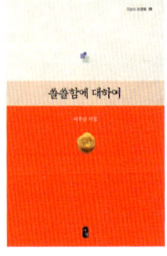

오늘의 詩選集 제8권

쓸쓸함에 대하여
이후남 지음 / 176면

오늘의 詩選集 제9권

바람이 열어 놓은 꽃잎
문재규 지음 / 220면

오늘의 詩選集 제10권

단 한 번 사랑으로도
이호근 지음 / 176면

오늘의 詩選集 제11권

할 말은 가득해도
최승벽 지음 / 176면

오늘의 詩選集 제12권

비밀 일기
박봉은 지음 / 176면

개별 작품집

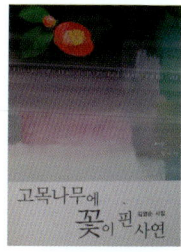

고목나무에 꽃이 핀 사연
김영순 시집

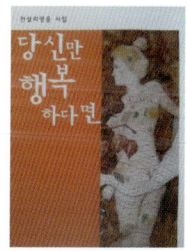

당신만 행복하다면
박봉은 제1시집

시가 영화를 만나다
장헌권 시집

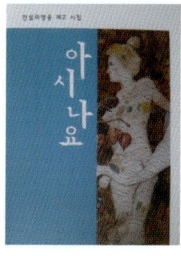

아시나요
박봉은 제2시집

하얀 속울음까지 들켜 버렸잖아

김성순 시집

당신에게,하나

박봉은 제3시집

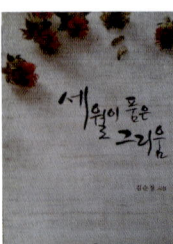

세월이 품은 그리움

김순정 시집

사색은 강물 따라

권자현 시집

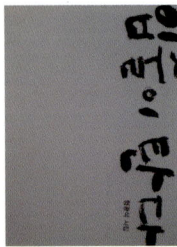

입술이 탄다

형광석 시집

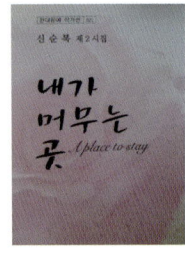

내가 머무는 곳

신순복 시집

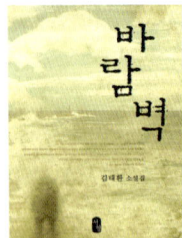

바람벽

김태환 소설

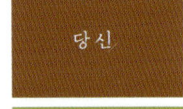

당신

박덕은 시집